꽃구름 탔더니 먹구름
나뭇배 탔더니 조각배

seestarbooks 008

꽃구름 탔더니 먹구름
나룻배 탔더니 조각배

'정치인 139명' 인물시집

이오장

스타북스

정치의 꼴

정치판에 뛰어들었다
내가 익힌 전문지식으로
헌신할 수 있다며 온몸을 던졌다
모두가 지지하는 함성에
한낮에도 별을 땄다
꽃가마는 물 위에 뜬 나뭇잎
악수하며 받은 온기는
눈길에서 마주친 햇살이더라
높은 곳에 귓불 맞추고
낮은 곳에 입술 문지르며
들려오는 말 따라 걷고 걸었다
가진 것 전부를 소진하고도
남아있는 건 옷깃에 묻은 욕설뿐
호랑이 등에 올라타면
눈감아야 하고
배 위에 오르면 파도를 피해야 하는
가책의 세월
국민은 울타리 밖에
야생화가 되고 말더라
그래도 누군가는 가야 할 길
악취 풍기는 꽃으로 존재한다

2019년 7월
이오장

목차

1 전 현 대통령

2 현 고위관리

3 전 현직 지자체장

4 국회의원

노태우

친구 따라 강남 갔다는 핑계대지 마
친구에게 아첨하는 건 무릎 없는 다리
생명의 짐 함께 지지 못하면 죽어 무덤 만들지 마라

문재인

안개 강 하나 건너와 옷깃 터는가
자연은 돌고 돌아 제자리에 오는 것
그대가 받들어야 할 자연은 국민이다

박근혜

이 세상 모든 것은 공주가 갖는 것

공주의 모든 것은 부마가 갖는 것

부마 없는 공주는 국민이 부마

이명박

돈의 위력을 알아버린 탓으로

돈으로 얻은 권력의자에 앉았다가

돈의 끄나풀에 무너진 바벨탑

전두환

빼앗는 걸 보면 빼앗고 싶어지는 거지

권좌 위해 빼앗은 생명의 무게 덜고 덜어도 억만금의 짐

몇 대를 이어 산이 된다

강경화

산 넘어 물 건너온 말 양쪽 귀에 쌓인다고
내 말도 못하는 해어화解語花는 되지 말자
말 알아듣는 꽃은 입 닫히면 함께 떨어진다

김상조

가르칠 때는 고개 숙이고

실천할 때는 올려 받는 것

일자로 선 허리로 고개 굽힐 수 있겠는가

김연철

깃발 찢기면 색깔 변한다는 건 당연지사

바느질과 다림질하기 전 풀린 올 다듬고

임명장 꺼내어 맞는 색깔 골라라

김현미

말뚝 박을 때는 도깨비를 알아야 한다
먼저 박힌 강변 말뚝 낮도깨비가 흔드는데
뿌리 없는 걸 박아 봤자 도깨비 놀잇감 아닌가

노영민

중심이 있어야 동과 서로 나뉘고

나를 중심으로 좌우가 있는데

중심을 버리고 어느 방향을 따르는가

문성혁

먼저 길 내어도 따라오는 사람이 알아봐야지
물 위에 낸 길 잃어버리고 새 숲에 들어선 길
나뭇가지 꺾지 말고 몸으로 자국 남겨라

박상기

국민을 위한 법은 국민 속에 있다
정한 것이 옳다 하고 빈 마당을 보는가
눈총 맞을 각오로 국민 앞에 서라

박영선

많은 말 쏟아냈다

써 준 대로 말할 땐 내 입모양으로

내 주장으로 말할 땐 상대방 입 모양으로

성윤모

별이 몇 개인지 알았다고 지혜롭고

태양 온도 관찰해서 박사가 아니다

너와 나 우리를 먹여 살리는 일꾼이 진짜 박사

유은혜

교육은 흘러가는 물 막히면 산을 허문다

키다리가 보나 난쟁이가 보나 똑같은 이치

초심으로 돌아가라 임명권자도 국민이다

윤건영

그림자는 겉이 속이다

기댄 거목의 마음을 알았다고

등에 업은 그림자의 겉을 밟지 마라

이개호

과정이 어떠했던 살아남아야 영웅

박수 받은 힘으로 농자천하지대본 깃발 세우는가

생존의 기본은 금전이 아니라 쌀이다

이낙연

부릅뜬 눈에 큰 귀 열고

펜으로 그려낸 스피커 시절로 돌아가라

갓 쓰고 질타하는 모양새 국민 눈 속에 없다

이재갑

쟁기와 트랙터의 차이를 저울로 재는가
베틀에 오른 횟수가 아닌 베 짠 만큼의 댓가
그것이 진정한 노동의 가치다

정경두

녹슨 칼은 숫돌, 철조망 구멍은 가시나무

독수리 눈에 개 코를 가졌어도 부족한 변화에

얼굴로 세운 전략은 패배뿐이다

조 국

꽃은 떨어져야 열매 맺는다

지기 전에 거두려면 진흙 밭으로 가라

가서 발목 적시고 연꽃이 되어라

홍남기

땅의 가치를 알아보는 눈은 있어야지

믿음으로 심은 나무가 크는 건

심은 자의 노력이 아니라 나무의 생존본능이다

김경수

해동청 송골매도 시치미 달면 수지니
먹이 잡아 빼앗겼다고 탓하지 말고
내가 주인이라 거꾸로 생각하라

김문수

칼 뺐으면 호박이라도 자른다는 자존심 버려야지

날카롭게 벼른 칼날도 쓰기 나름

칼집에 넣는 여유를 가지는 게 진실한 정치다

박원순

가난은 죄가 아니라도 자랑하는 건 철면피
얼굴 들고 다니려면 집부터 고쳐야지
부잣집 창고에서 인심 난다는 걸 잊지 마라

안희정

도깨비는 말뚝 박아놓고 내 땅이라 우기지

진실은 자신만이 아는 것 같아도

도깨비가 알고 눈뜬 사람은 다 알지

오세훈

돌로 깎으나 나무로 깎으나 조각품일 뿐

숨구멍 열릴 때 기다리지 말고

스스로 내린 뿌리 더욱 뻗어 나가야지

원희룡

모든 것에 일등은 정치의 꼴등이다

맨 앞에 앉다 보면 자신만의 정치를 꾸미고

어떤 시선도 득표로 셈한다

이재명

수신제가 치국평천하를 모르고

국태민안을 도모하는 돈키호테

둘러싼 울타리가 성벽이다

장덕천

지면 억울하고 이기면 고개 든다

무엇을 위해 변호했는가를 하늘에 말할 수 있는가

법정을 읽었다면 국민의 눈을 떳떳하게 바라보라

최문순

무슨 일이든 마무리를 잘해야 그게 사람 꼴이다

눈 쌓아 만든 잔치판 자리에 꽃 심어 덮는다고

그 광경 감춰지고 박수 받겠는가

강기정

5.18은 폭도인가 민주의 혁명인가

진실을 밝히라는 말이 무슨 죄목인가

또 남은 가림막 이제 그만 해도 되지 않겠는가

강창일

하늘을 거스른 자 반드시 망한다고
하늘 길 오가며 그 말만 새겼는가
하늘은 국민, 대표의 X표는 못 본 체 하라

강효상

삽살개의 귀, 나무늘보의 입
많이 듣고 곱씹어 말하라
정치의 미덕은 관용이다

곽상도

남의 허물이 자신의 꽃모자 되지 않는다

허물 벗겨 먼저 써 보라

사건의 진실은 현장에 있고 하늘이 안다

권성동

감자 심어놓고 고구마 캐려는가

줄기 걷어내도 무슨 밭인지 알 수 있는 것

국민은 호미와 괭이 또렷이 구별한다

권은희

포구에서 암초 피했다 하는가

방파제 앞 파도 속에 법이 있고

빙산 아래 정의가 있다

금태섭

사람과 사람 사이에 친 그물 누가 빠져 나가리

방법을 가르쳐 준다고 하여도 줄 선 사람 뿐

원 안에 모인 사람들이 법 앞에 아는 척 하더라

김경협

라일락꽃은 알아도 수수꽃다리는 모르지

법 없이 이뤄지는 것이 더 많은 세상에

있는 법 지키지 못하고 말로 앞장서는가

김무성

셋이 그렇다 하면 그런 거다

물려받은 탑 지키려면 바람은 잊어야지

바닥이 꺼져야 무너진다는 것을 알았는가

김부겸

독재와 싸웠으면 민주와도 싸울 수 있는 것

반대편은 독재고 자기편은 민주인가

터전을 떠나 적지 만들고 거기에 꽂은 깃발 바꿔라

김상희

소나기에 남의 집 빨래도 걷는 게 인지상정

다른 집 대문 닫혔다고 문 닫고 사는지

동네 일이 나의 일 그게 국가의 기초다

김성태

아니 땐 굴뚝에 연기 나는 게 아니라

아궁이 없는 굴뚝에 연기 나는 거다

남의 집 아궁이 탓하더니 제 집 아궁이 숯 감추는가

김진태

진흙탕에 한 발 마른 땅에 한 발

두 손은 하늘을 안고 있는 의연한 열사감

입으로 새운 공은 훈장이 없다

김진표

뒤돌아보라, 밤낮없이 쌓은 탑을
꼭대기는 없고 흙더미에 덮였지
허물어진 돌멩이탑 누가 쌓았던가

나경원

침방에 앉아 수놓는 모습은 상상

손에 들 바늘 입에 물고

찢긴 군중의 가슴 바느질하는 여전사

도종환

굴원 이백 두보 윤선도 정철 모두 정치의 낙오자
가르치고 글 쓰는 일은 선비의 근본이다
입 벙긋하지 못하려면 갓 벗고 도포를 밟아라

문희상

정치는 깨진 항아리판

어느 때이든 물 넘치지 않지

그런 때 진가를 보여주는 복두꺼비

민경욱

눈이 산보다 커도 앞만 볼 수 있고

입이 바다보다 커도 듣는 말만 하는 것

큰 것 자랑 말고 정의를 지켜야지

박맹우

기회는 무등산 된바람 업고 가기

포착은 걸어가는 뒤꿈치 걸기다

자신의 길 만들기 위한 주판알 셈법의 달인

박범계

자신이 겪은 고행은 사람이면 다 겪는다

사람이 사람을 평가하는 잣대는 없는데

국민이 쥐어 준 잣대로 하늘과 사람 사이 재는가

박병석

땅 한 평 쌀 한 말 그 값이 경제의 기본

뻥튀기도 막지 못해 겪은 그때를 기억한다면

의석에 앉아 부릅뜬 눈을 국민의 귓속에 담가라

박순자

지역발전 전념하려고 의원회관에 유치원 차려놓고

오염수 길어다 의석 위에 전시했어도

누가 알아 주랴 부귀영화를 위한 몸부림을

박주선

동그란 수갑이라고 각목을 못 채울까
다섯 번 팔찌 풀어낸 건 법망의 틈을 봤기 때문
옷 잘못 샀을 때 크기와 색깔 못 봤는가

박지원

최고의 조타수 완벽한 대변인

무엇이나 이룰 것 같아도

선장 없이 대양으로 나가지 못하는 만년 조수

설 훈

난파선에서 살아남은 건 노력이 아닌 행운

바람은 잡았다고 생각하는 순간 날아가는 것

유권자의 눈과 귀는 품속에 든 게 아니다

손혜원

아버지 명성은 방패연

친구의 우정은 소양댐

크게 칠수록 소리 작아지는 벙어리종

심상정

호수가 클수록 쉼터가 있어야 한다
깊이를 모른 채 날아가는 새를 탓하는가
넓히려 하지 말고 그 자리를 지켜라

심재철

의기로 세운 깃발은 색깔이 바래도 글자는 빛난다
투합하여 만들어놓고 출세의 길로 들어섰더라도
만고의 세월 동안 의기의 빛을 바라봐라

안민석

샅바 없는 싸움꾼

눈치 백 단 달리기 오백 단

빠른 만큼 말과 주먹이 제트기

여상규

전쟁에 참여한 사람이 총알 피할 줄 알고
법 만드는 사람이 법망을 피해간다
입법은 경험자가 하지만 피해는 국민 몫

오신환

피리 없는 목동은 입이 아프지

우두머리 양은 눈 돌려 귀 막고

손짓발짓에 눈만 커져 남긴 메아리 저 혼자 듣지

원혜영

텃밭은 아무나 가진 게 아니지만 누구나 가질 수 있는 것

가진 걸 믿고 거름 주지 않는다면 텃밭도 공유지

먼 곳만 바라보다 기본을 잃는다

유승민

회초리 한 번 맞아보지 않고 매를 들겠는가

맞아본 사람이 아픔을 알지

때리려거든 언제든지 맞아봐라

윤상현

금지된 말 없고, 하지 못 할 일 없지

독재자의 부마, 부잣집 행랑그늘 잊지 않아야 진정한 꾼

바라보는 눈은 그때와 비교한다

윤소하

공원 의자에 앉아 새똥 맞는 걸 피하랴

맞을 건 맞아야 새 옷 입고

새 옷 입어야 가마 탄다

80

이언주

가난 벗어나 명성과 재산 쌓을 때를 잊지 마라

급식 아줌마들의 원성 귓속에 남았다면

젊음을 걸고 정의의 춤판을 만들어라

이인영

두 마리 중 한 마리 나갔어도 남은 쇠고삐 쥐는 참일꾼

나간 소 언제 들지 아무도 모른다

외양간 아궁이 식으면 끝장

이재정

말 잘하는 화려한 꽃

꽃병에 꽂혀 말 알아듣는 꽃

귀와 입을 국민으로 돌리면 시들지 않을 꽃

이정미

바퉁 놓치지 않아야 계주에서 이기는 것

출발선까지 다가가면 반칙, 받았다 놓치면 역적

아지랑이 속 응원자는 소리만 들려줄 뿐이다

이정현

걸레도 빨아서 마르면 얼굴 닦고

촛불에 밀렸어도 태양 앞에서는 그림자 생기지

불붙었던 손가락은 지문이 없다

이주영

맹골수도 된바람에 수염 흩날리며

노랑리본에 새긴 침묵 잊지 마라

오르고 올라 닿는 끝점은 땅바닥이다

이철희

모래 없는 입 씨름판에서 귀밑에 맨 샅바

올올이 풀어내어 연실 만들고

묶어야 올라가는 연 양말산꼭대기에 띄우는 승부사

이해식

민초의 바람을 다른 방향으로 바꾸는 스피커

내 말은 왼쪽으로 시킨 말은 오른쪽으로 채널 돌려도

듣는 귀는 똑같이 말의 크기를 모른다

이해찬

작두날 위에 선 무당도 모르는 건 모른다고 하지

손 내질러 이룬 명성 말로 잃지 말고

눈물 흘려 진실을 보여야지

장제원

콩 심은데 콩, 말 심은데 말총 난다

방아쇠 없는 말총 핵탄두보다 무섭지만

거품 일어나면 닦지도 못한다

전재수

젊다고 발이 더 크고 목청 높은 것은 아니다

이상향은 사람마다 다르지만

그것이 존재하는 곳은 모두의 꿈속이다

전희경

제자리로 돌아오는 게 사람 사는 세상

피하지 못하는데 누구를 위한 말잔치인가

주사파가 차지했지만 임자는 돌고 돈다

정갑윤

내 허물 남의 옷에 묻히려거든

소리 지르지 말고 안아 주는 시늉이라도 해라

손가락질해 봐야 세 손가락은 자신을 향한다

정동영

꽃구름 탔더니 먹구름

나룻배 탔더니 조각배

이제는 작은집 마당가에 접시꽃

정몽준

모든 걸 갖춘 큰오색딱따구리

분에 넘치는 채식주의자, 다 갖추고도 못 가지는

수탉이 아니라면, 닭장 문 열어라

정병국

용을 바라보고 살던 물고기

이무기가 되기 전에 뿔 없는 용이 무너지고

물 밖으로 나갈 수도 머물 수도 없는 잉어

정세균

얼굴 내세우는 건 누구나 부끄럽다

영달을 위한 정치는 하지 않았다고 누가 떳떳하랴

국민이 바라는 강물에 발 들여놓던 때 잊지 마라

정진석

겪은 경험 많다고 눈과 귀 크게 밝아지는가

정치는 본대로 이뤄지지 않는 교본 없는 전쟁

생각한 대로 되지 않을 땐 선친을 불러라

정태근

원소와 분자를 발견했다고 과학자가 아니듯

명쾌하게 분석한다고 최고의 정치가는 아니다

말로 쌓은 탑은 바람도 못 탄다

조경태

지역주의 타파로 얻은 깃발 독설로 찢기고

갈아탄 여객선은 화물선

도선사를 자처했다면 항로부터 읽혀라

조배숙

맨 먼저 심었다고 옥수수맛 먼저 볼까
가꾸기와 거두는 일은 마음대로 되지 않는 것
틈 노리지 말고 정성을 다하여 기다려라

조원진

옳고 그르고 모두 가버린 자리를 지킨다는 건 옳다

손가락질로 입 꿰매려거든 너희 귀부터 열어라

물소가 없어도 목숨 걸고 간다

조응천

석삼년 참고 사는 부잣집 며느리보다

행랑채 민며느리가 웃고 살지

청기와 업고 산다는 건 지옥이더라

조정식

사막에 운하 파고 나무 심는 뻔한 것 말고

경제는 수출과 건설, 그것도 말고

의원 수 줄여 국민에 큰소리치는 정책 내놔라

주광덕

최고의 실세 밑에서 본 것은 영광된 미래

피붙이 잃고 느낀 것은 인간의 부조리

의사당에 주역과 논어를 걸어놓고 읽어라

주승용

기초부터 쌓은 탑이라고 마천루가 되는가
바람에 맞서 그만큼 올랐으면 된 거지
스스로 일으킨 바람은 제 살만 깎는다

지상욱

국회에 설계도는 없더라

욕망의 잣대와 창고지기 역할만 있을 뿐

최고의 미인을 얻었지만 최악의 일 시작하고 말았다

진선미

남녀평등이 법속에 갇히면 불완전한 평등
똑같은 사람인데 법이 앞장서야겠는가
지구가 망해도 어머니가 세상의 중심이다

진수희

배웠다고 다 알고 안다고 다 행하는가

혈육의 정 끊고 배워온 지식 어디에 썼는지

한 사람이 끌고 가는 양은 아는 만큼이 아니다

진 영

세상은 빈부의 차이로 돌아가는 수레가 아닌데

함께 끌고 갈 수레는 어디 있는가

말 만들어 말놀이하는 의원들 가슴 속에 있다

채이배

억만 분의 일과 삼백 분의 일 차이를 아는가
분식회계 가리는 계산법으로는 어림없다
국민은 하나 더하기 하나의 답을 원한다

천정배

헤아려 온 파도 언제 그칠 줄 모르는데

파도보다 더한 정치의 묘수 어디에서 찾겠는가

하나의 입에서 나오는 말 기대하지 마라

최규성

쌀 없으면 빵, 빵 없으면 라면이라고

농사짓지 않고 배고파보지 않으면 모르지

쌀을 위해 나섰다가 퇴비자루 되고 말았다

최재성

말의 크기는 태평양으로도 못 잰다
금빛 잣대 들었다고 말소리 따라가는가
한마디라도 손금 안에 대어보라

추경호

천하삼분책을 낸 제갈공명은 잊어라

남북으로 동강 난 국토 동서로 나누려는가

진정한 책사라면 통일책을 내놔야지

추미애

빨래만큼은 고집대로 되지 않지
여유와 정성으로 매만져야 빨아지지
뽑힌 기쁨으로 부린 고집 이제 알겠는가

표창원

바위는 자국만 남고

두부는 아기 손가락으로도 뚫는 것

송곳질 그만두고 온몸 불태워 익혀라

하태경

말 잘한다고 변호사라 불리는가
문장이 좋아야 으뜸 변호사
입으로 하지 말고 가슴으로 말하라

한선교

물에 칼질하는 어리석음으로

바위에 도끼질하면 자신이 더 다치지

국민은 바위, 비단포로 감싸야 이끼 돋지 않는다

홍문종

받들어 피운 꽃이 조화라고 확인되었는가

떠난 추종자가 배반자라고 말하는가

정치 뒤에 인간적인 절차는 누가 책임지는가

홍문표

가장 낮은 계단을 밟아 윗계단에 올라도

시작한 때를 잊어버리는 게 인지상정

옮겨가며 오른 계단 끝까지 잊지 마라

홍영표

할아버지 과오는 씻을 수 없지만

강철 용접하던 손으로 무엇을 못 붙이랴

좌우로 나뉜 강철보다 단단한 정치를 보고 말았다

홍준표

도끼로 바위에 새긴 글 깊이가 얼마인가

망치 들었다면 정을 잡아야지

세밀하고 깊은 글이 민주의 정의다

김경재

국민 앞에서 한 거짓말이 나라를 어지럽힌다면

죗값에 머리 들지 말고

그런 말 이어가는 작자들 가르치며 고개 숙여라

김민석

모르는 게 정상이다

내가 모르는 이름, 남이 부르는데 어떻게 알겠는가

이름 하나 못 짓는 자신을 원망해야지

김영환

썩은 이 뽑아내면 새 이빨 날 줄 알았다

새 정치 깃발 들고 새롭게 시작한 정치는

틀니 맞춰도 넣어줄 입이 없더라

박찬종

한 번 기회에 열 개의 그물 던지고

다중의 우상으로 깃발 흔들다가

빛바랜 대문 지키는 선지자

손학규

말 타다 다리 부러지면 갈아타야지만

엄살 부리는 걸 알아채지 못하는 건 무능력

말 타는 것 말하는 것 중심을 잡아야지

안철수

암초를 품고 기다리는 강

유유한 척하면서 소용돌이 만드는가

암초부터 파내야 안심하고 배 띄운다

유인태

꽃 진자리는 반드시 열매 맺히고

거짓말이 일어난 자리는 모래성이라는 것 알려면

여의도 양말산으로 오시라

이부영

감방 벽에 못으로 새긴 기사가 세상을 바꿀 수 있을까
하지만, 입 달린 사람 모두 읽고 가더라
민주와 독재는 철창 사이가 아니고 입과 입 사이다

이재오

자전거 바퀏살 몇 개인지 모르고 따랐다가

길 잃어 방향 잡지 못한다고 멈춰섰는가

중간에 섰다면 신임과 정치 둘 다 잃는다

임태희

시키는 것만 잘한다면 머슴이 아니다

눈치 백단 코치 만단이라도

주인이 망한다면 실패한 머슴이다

정두언

그림자 크기만 보고 들어갔다가
가지 틈으로 비친 햇살에 살구 맛보고
담장 밖으로 옮겨진 감나무

정미경

이 땅에 진정한 법치가 살아있다면
법대로 외친 인사들이 의원이 되는 일은 없어야지
일신 영달을 위하지 않았다고 떳떳하게 말해보라

정청래

아는 만큼 열 번을 토하는 건 잘난 척
모르고도 멈추지 않는 것은 아는 척
아는 것과 모르는 것의 중간은 없다

조윤선

꽃 중의 꽃도 피어난 곳에 따라 열매 맺지

꽃밭에서 피어나 화분으로 옮긴 꽃에 씨앗 바라겠는가

척박한 땅에서 얻은 결실이 튼실한 거지

차명진

가벼운 입만큼 몸도 가벼운가
으뜸의 공중부양 자랑하다
작은 바람에도 휩싸이는 티끌

한화갑

동서는 하나 지도 위에 색칠하고

남북은 한 민족 햇빛 비춰 조화 만들어도

울타리도 못 거둬낸 건 이상과 현실은 동전 같기 때문

홍정욱

선진국에서 배우고 익힌 문화를

내 나라꽃을 위한 거름이 되려고 들여놓은 정치판에서

나는 보았다, 책에서 읽은 악마들의 모습을

고 건

대나무인가 소나무인가

아니면 용버들인가

공장에서 만든 인조목인가

권노갑

미륵불 십자가 모두가 형상으로 만든 정신의 상징

경전의 가르침대로 실행하지 못했지만

그때는 진정으로 독재와 싸웠다

김기춘

전국을 선으로 연결할 때의 시발점

원이었을 때는 부산까지 네모 때는 과천

시작과 끝은 기본심에 달렸다

김병준

이 말 저 말 타 봐도 좋은 말 못 고르지

깊은 애정으로 쓰다듬어야 나의 말

명마는 자신의 정으로 만드는 거다

김상곤

특권은 없다, 경쟁이 있을 뿐

한 개 사과나무에서 딴 전부를 하나라고 우기는가

평등하다는 것은 하나 더하기 하나다

반기문

망설이며 기다리는 기회는 구멍이 없다
뜻을 세웠다면 격돌해야 얻는 것
기회는 철벽을 뚫고 잡는 것이다

양정철

기둥이 무대 위에 오르면

무대가 무너져 관중이 놀라지

나서지 말고 기둥으로 지켜라

유시민

굴뚝 없는 연기 그만 피워라

생장작 떨어지면 숯이 남는 것

아무리 피워도 연기는 안개가 되지 않는다

이동관

똑똑한 사람이 최고라면

똑똑한 것은 멍청한 사람이 만든 허수아비

똑똑하면 비서일 밖에 할 일이 없지

이준석

빛바랜 깃발은 바꿔야 한다

정치는 살아있는 바람, 새 깃발을 꽂아라

국민이라는 태양 아래 영원한 색깔은 없다

임종석

정의의 투사가 상대를 잃으면 욕심이 넘치는 것
권력의 정의는 싸움꾼이 세우는 게 아니고
국민 여망의 집합꽃이다

장하성

작은 부잣집 작은 머슴

큰 지게 지고 헛간 처마에 걸려

주인 창고 흔들어 헛기침 나게 하는 선동자

황교안

가마꾼 없는 가마는 전시품이다
가마 탔다고 으스대지 말고
차라리 혼자 걸어라

꽃구름 탔더니 먹구름
나룻배 탔더니 조각배
'정치인 139명' 인물시집

제1쇄 인쇄 2019. 7. 20
제1쇄 발행 2019. 7. 25

지은이 이오장
펴낸이 김상철
엮은이 민윤기
엮은데 서울시인협회 월간 시see 편집팀
펴낸곳 스타북스
서울시 종로구 19길(종로1가) 르메이에르 종로타운 1117호
전화 02-723-1188 Fax 02-735-5501
이메일 starbooks22@naver.com

ISBN 979-11-5795-470-4 03810

값 12,000원